LE
FABULISTE

DU
JEUNE AGE,

OU

Choix de jolies Fables et Historiettes,
avec le sens moral.

NOUVELLE ÉDITION

Ornée de onze figures coloriées.

A PARIS,

F. DENN, LIBRAIRE,

\ANDS-AUGUSTINS, N.º 21.

1822.

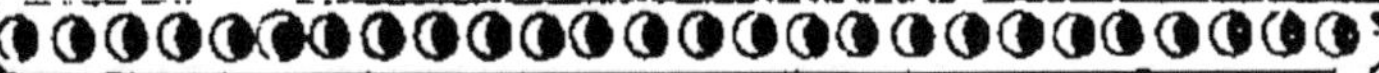

LE FABULISTE

DU JEUNE AGE.

Choix de jolies Fables et de jolies Historiettes, avec leur sens moral;

Précédées d'Alphabets de différens caractères, et des premières leçons de lecture.

NOUVELLE ÉDITION,

Ornée de onze figures coloriées.

A PARIS,

CHEZ F. DENN, LIBRAIRE,

RUE DES GRANDS-AUGUSTINS, N.º 21.

1822.

ESOPE ami des enfans.

ABCDEFGHIJK
LMNOPQRSTV
UWXYZÆŒ.

abcdefghijklmn
opqrstvuwxyzæœ.

ABCDEFGHIJK
LMNOPQRSTV
UWXYZÆŒ.

abcdefghijklm
nopqrstvuwxy
zæœ.

A B C D E F G H I J K
L M N O P Q R S T V U
W X Y Z Æ OE.

a b c d e f g h i j k l m n
o p q r s t u w x y z æ œ.

A B C D E F G H I J K
L M N O P Q R S T V
U W X Y Z Æ OE.

a b c d e f g h i j k l m n
o p q r s t v u w x y z æ œ.

A B C D E F G H I J K
L M N O P Q R S T V
U W X Y Z.

a b c d e f g h i j k l m n
o p q r s t v u x y z æ œ.

DES SYLLABES.

a	e		i		o	u
a	e		i		o	u
ba	bé	bê	be	bi	bo	bu
ca	cé	cê	ce	ci	co	cu
da	dé	dê	de	di	do	du
fa	fé	fê	fe	fi	fo	fu
ga	gé	gê	ge	gi	go	gu
ha	hé	hê	he	hi	ho	hu
ja	jé	jê	je	ji	jo	ju
la	lé	lê	le	li	lo	lu
ma	mé	mê	me	mi	mo	mu
na	né	nê	ne	ni	no	nu
pa	pé	pê	pe	pi	po	pu
qua	qué	quê	que	qui	quo	quu
ra	ré	rê	re	ri	ro	ru
sa	sé	sê	se	si	so	su
ta	té	tê	te	ti	to	tu
va	vé	vê	ve	vi	vo	vu
xa	xé	xê	xe	xi	xo	xu
za	zé	zê	ze	zi	zo	zu
bla	blé	blê	ble	bli	blo	blu
bra	bré	brê	bre	bri	bro	bru

DES SYLLABES.

cla	clé	clê	cle	cli	clo	clu
cra	cré	crê	cre	cri	cro	cru
dra	dré	drê	dre	dri	dro	dru
fra	fré	frê	fre	fri	fro	fru
fla	flé	flê	fle	fli	flo	flu
gra	gré	grê	gre	gri	gro	gru
gla	glé	glê	gle	gli	glo	glu
pha		phe		phi	pho	phu
phla		phle		phli	phlo	phlu
phra		phre		phri	phro	phru
pra	pré	prê	pre	pri	pro	pru
spa		spe		spi	spo	spu
sta	sté	stê	ste	sti	sto	stu
tla	tlé	tlê	tle	tli	tlo	tlu
tra	tré	trê	tre	tri	tro	tru
vra	vré	vrê	vre	vri	vro	vru

LEÇONS A ÉPELER.

MES CHERS ENFANS,

LA lec-tu-re est bi-en l'ob-jet
le plus pé-ni-ble, le plus a-ri-de,
le plus re-bu-tant de vo-tre â-ge;
mais quand un jour vous re-con-
naî-trez que c'est la clef de toutes les sci-en-ces, le seul mo-yen
de ré-us-sir dans les arts, com-bi-
en ne vous es-ti-me-rez-vous pas
heu-reux d'a-voir vain-cu tou-tes
ces dif-fi-cul-tés! Com bi-en n'au-
rez-vous pas d'o-bli-ga-ti-ons
à ceux qui vous au-ront gui-dé
dans cet-te car-riè-re, a-pla-ni
le che-min, et ai-dé à sur-mon-
ter tous les obs-ta-cles! Ce n'est
que dans quel-ques an-nées que
vous pour-rez ap-pré-ci-er le
mé-ri-te de la lec-tu-re, lorsqu'a-vec son se-cours vous pour-

rez ren-dre hom-ma-ge au cré-
a-teur de tou-tes cho-ses, con-
naî-tre en li-sant les li-vres saints,
tou-te l'é-ten-due de ce qu'il a
fait pour vous, et les mo-yens de
lui en té-moi-gner vo-tre re-con-
nais-san-ce.

Par la lec-tu-re, vous pour-rez
pré-ten-dre à tou-tes les con-nais-
san-ces. Ou-tre la per-fec-ti-on
que vous ac-quer-rez dans l'é-
tat que vous em-bras-se-rez, la
gé-o-gra-phie vous fe-ra con-naî-
tre les di-vers ha-bi-tans de la
ter-re, et l'his-toi-re, en vous
fai-sant le ré-cit de leurs ac-ti-
ons, vous di-ra cel-les que vous
de-vez i-mi-ter, et cel-les que
vous de-vez re-je-ter. C'est là où
vous pour-rez pui-ser la vrai-e
sa-ges-se qui vous fe-ra ché-rir
de vos pa-rens, et ai-mer de
tout le mon-de.

MOTS ET PHRASES

POUR LIRE.

Le bas.	Le jour.
Le bled.	Le soir.
Le chat.	La nuit.
Le nez.	La pom-me.
Le pain.	L'ar-bre.
Le chien.	Le ce-ri-si-er.

Les bas sont de lai-ne.
Le bled est mûr.
Le chat mi-au-le.
Mon nez n'est pas long.
Le pain est cuit.
Le chi-en est fi-dè-le.
Bon jour, mon pa-pa.
Bon soir, mon frè-re.
Bon-ne nuit, ma-man.
La pom-me est ron-de.
L'ar-bre est haut.
Le ce-ri-sier por-te des ce-ri-ses.

1 *

DEMANDES ET RÉPONSES.

Que faut-il pour se vêtir? des vêtemens. Que faut-il pour couvrir la tête? un chapeau. Et le cou? une cravatte. Et les jambes? des bas. Et les pieds? des souliers. Que faut-il pour boucler les souliers? des boucles. Et pour se peigner? un peigne. Que faut-il pour voir? des yeux. Pour entendre? des oreilles. Pour sentir? un nez. Pour courir? des pieds. Pour saisir une chose? des mains. Pour se désaltérer? de l'eau. Pour couper du pain? un couteau. pour acheter quelque chose? de l'argent. Pour scier du bois? une scie. Pour le fendre? une hache.

Que faut-il pour trouver une

chose ? la chercher. Pour en ap-
prendre une ? l'étudier. Pour en
voir une ? la regarder. Que faut-
il faire lorsqu'on est tombé ? se
relever. Et pour éviter de faire
mal ? prendre garde.

Quels sont les contraires du
pauvre ? Riche. De fortune ? In-
fortune. De diligent ? Paresseux.
D'adroit ? Maladroit. De fou ?
Sage. De sensé ? Insensé. De
fort ? Faible. De grand ? Petit.
D'affligé ? Gai. De poli ? Impoli.

D'où tirons-nous nos alimens ?
Des animaux et des plantes.

Nommez - moi quelques alimens provenant d'animaux ? Le
lait, le beurre, le fromage ; toutes les espèces de chair.

Nommez - moi quelques - uns
des alimens que nous tirons des
plantes ? Le pain, tous les légu-

mes, comme choux, navets, ca-
rottes, haricots, salades, etc.
Tous les fruits, tels que pommes,
poires, cerises, prunes, raisins,
etc.

D'où tirons-nous nos vêtemens? Nous les tirons également
des animaux et des plantes.

Nommez-moi quelques vête-
mens que nous fournissent les
animaux? Les habits de drap,
les pelisses, les robes de soie, les
chapeaux, les souliers, les bottes.

Nommez-moi quelques-uns
des vêtemens que nous devons
aux plantes? Les chemises, les
bas de fil, les manchettes, les
dentelles, etc.

HISTORIETTES.

D'un Enfant diligent et d'un Enfant paresseux.

Jacques n'avait que six ans, et déjà il aimait à aller à l'école. Dès que sa mère l'éveillait, il se levait et courait se faire laver et peigner. A l'école, il se tenait tranquille à sa place, et il écoutait attentivement ce que disait le maître. Quand on lui faisait une question, il répondait modestement à voix haute, en regardant le maître.

Aussi le précepteur se plaisait-il à instruire Jacques, qui

était généralement aimé de tous les autres enfans, et qui de plus apprit à lire en peu de temps.

Jean, au contraire, pleurait toujours quand il devait aller à l'école. Communément il venait trop tard, et manquait à faire la prière du matin avec les autres enfans. Lorsqu'on lisait, au lieu de prêter attention, il regardait çà et là, ou bien causait avec d'autres et leur faisait des niches. Lorsque le précepteur racontait quelque chose, jamais il n'écoutait.

Jean ne plaisait point à ses camarades, et il resta ignorant toute sa vie.

D'un enfant qui aimait la propreté.

JEANNETTE donnait une grande attention à ne point salir ses habits Elle mettait tous les soirs, en se couchant, ses bas, sa jupe et son corset à la même place. Lorsqu'elle mangeait, elle ne prenait que de petites bouchées, pour ne pas se faire de taches. En marchant dans la rue, elle évitait soigneusement la boue et la saleté, et cherchait les endroits les plus propres. Il n'y avait pas de tache dans ses livres, et elle se lavait toujours proprement les mains et le visage.

Aussi tous les autres enfans chérissaient Jeannette, et aimaient à l'avoir à leur côté.

D'un enfant imprudent.

Un jour que les parens de Henriette étaient absens, elle dîna seule. Après être rassasiée, elle voulut regarder par la fenêtre, et pour cet effet elle grimpa sur une chaise. Elle eut l'imprudence de garder la fourchette à la main ; et ayant fait un faux pas, elle tomba de la chaise. Cette chûte fut si malheureuse, qu'elle se donna de la fourchette dans l'œil droit, et qu'elle en eut la prunelle percée. Henriette souffrit de grandes douleurs, et resta borgne pendant toute sa vie.

C'est pour éviter de pareils malheurs, que les parens défendent à leurs enfans de tenir des fourchettes ou d'autres instrumens pointus et tranchans à la main quand ils jouent.

De deux enfans pleins d'amour pour leurs parens.

LE père de Charlot et de Louise tomba un jour malade. Ces pauvres enfans en ressentirent la plus vive douleur.

Ils ne quittaient point son lit, et lorsqu'il désirait quelque chose, ils couraient le lui porter avec les plus tendres soins.

Plusieurs fois dans la journée ils se jetaient à genoux, et en répandant des larmes, ils priaient Dieu de rendre la santé à leur père. Enfin le bon Dieu exauça leurs ardentes supplications. Il leur rendit leur père chéri, qui se rétablit de cette dangereuse maladie. Alors ce père put donner de nouveau tous les soins à l'éducation de ces bons enfans,

qui en profitèrent et furent heureux tout le temps de leur vie.

De deux garçons.

Un jour, deux garçons allèrent
se promener dans un jardin; le
jardinier les avertit de ne pas
trop approcher des ruches, de
peur que les abeilles ne vinssent
les piquer.

Jamais abeille ne m'a piqué,
dit l'un de ces garçons en pour-
suivant son chemin droit vers les
ruches. A peine eut-il proféré
ces paroles, qu'il reçut une piqûre qui lui causa des douleurs
violentes.

Cet accident le rendit avisé;
l'autre l'était devenu par le conseil d'autrui. Lequel des deux
nommerez-vous le plus sage?

D'un ours en colère.

Un ours devint si furieux de la piqûre que lui avait faite une abeille, qu'il alla droit aux ruches et les renversa toutes. Mais quel fut l'effet de cette aveugle colère ? toutes les abeilles irritées tombèrent sur lui, et lui firent tant de piqûres, qu'il en pensa perdre la vie.

Voilà ce qui arrive à presque tous ceux que la moindre offense met en grande colère, et anime d'un désir aveugle de se venger.

Du grand Louis.

Ne suis-je pas bien grand ! s'écria Louis, perché au haut d'une échelle. Son frère lui cria : Tu es un grand fou, car si l'échelon se casse, te voilà par terre. Cela se fit comme le frère l'avait dit. Louis dégringola de l'échelle et s'écorcha tout le visage.

〜〜〜〜〜〜〜

Il est toujours dangereux de faire à sa tête ; un enfant docile doit suivre exactement les sages conseils qu'on lui donne.

Le petit Adrien,

Le grand Louis.

Bienfaisance récompensée.

Un garçon nommé Boncœur, vit un homme qui avait l'air très-indigent et affamé ; il en eut compassion, et lui donna tout son déjeûner, en priant ses compagnons de lui faire encore part du leur. Quelque temps après, son frère et lui se mirent, à l'insu de leurs parens, dans un bateau qu'ils trouvèrent attaché au bord d'une rivière rapide. Ils s'y trémoussèrent tant, que la nacelle se renversa. L'homme au déjeûner vit ce malheur, et courut aider ces enfans. Il était à même de choisir celui des deux qu'il voudrait sauver. Mais son petit bienfaiteur ayant frappé ses yeux, ce fut lui qu'il saisit le premier. En attendant, la rivière avait emporté l'autre trop loin, et ce galant homme ne put point lui sauver la vie, quoiqu'il fît pour cela tout ce qu'il pût.

Ce sont de ces choses qui arrivent souvent. Car la bienfaisance nous procure plus que toute autre chose l'amitié et la bienveillance des hommes, et non-seulement de ceux que nous assistons dans leurs besoins, mais même celle des autres.

~~~~~~~~~~

Le courage n'est pas seulement dans les combats, il est aussi presque dans toutes les actions de la vie.
~~~~~~~~~~

Histoire du malheureux Nicolas.

NICOLAS était un joli garçon, mais il avait un fâcheux défaut. Lorsque son père, ou sa mère, ou son précepteur lui défendaient une chose, il oubliait tout de suite la défense, et agissait à sa fantaisie. Outre cela il faisait l'entendu, et prétendait toujours savoir la raison pourquoi on lui défendait ceci ou cela; ce qu'il est pourtant impossible de faire toujours comprendre aux enfans. Je vais donc vous conter ce qui lui arriva.

Un jour qu'il devait aller à l'école, il se trouva que la nuit il avait fait une forte gelée. Son père voyant qu'il s'en allait, lui cria : Nicolas, Nicolas, mon ami, garde-toi bien d'aller aujourd'hui sur la glace : mais l'ami Nicolas, à son ordinaire, eut bientôt oublié cet avis.

A peine fut-il arrivé à l'étang, qui n'était encore couvert que d'une croûte légère de glace, que, sans songer à ce que son père lui avait dit, il y courut. Cependant celui-ci l'avait suivi de loin, et voyant le danger où il était, il lui cria d'une voix effrayée : Nicolas ! Nicolas ! à bas la glace ! Le fils entendit ce cri, et répondit : Eh ! pourquoi cela, mon père ? Alors, avant que le père pût lui en dire la raison, la glace se rompit, Nicolas tomba dans l'eau et se noya misérablement.

D'un enfant docile.

Henriette aimait fort les pommes, et elle en trouva un jour sous un arbre. Elle les ramassa, mais elle n'osa en manger, avant d'en avoir reçu la permission de ses parens.

Son frère survint, et ayant envie d'en manger lui-même, il lui dit que ces pommes étaient mûres, et qu'on pouvait hardiment les manger.

Mais Henriette répondit : « Et quand même elles seraient mûres, nos parens nous ont défendu de manger des fruits tombés des arbres sans les en avertir ».

Henriette prit donc des pommes, les porta à sa mère, et lui demanda si son frère et elle pouvaient les manger. Non, lui répondit sa mère, aie toujours soin de m'apporter les fruits tombés, et n'en mange jamais. Je vais te donner à toi et à ton frère des pommes plus mûres et d'un meilleur goût.

Henriette fut charmée d'avoir obéi ainsi à ses parens, et elle sentit clairement combien il est avantageux de suivre leurs préceptes jusque dans les moindres choses.

D'un enfant pieux.

Le petit Gustave donna de bonne heure des marques d'un cœur doux et sensible à la reconnaissance.

Un jour son père lui dit que nous recevons tous les biens dont nous jouissons, tout ce que nous mangeons et ce que nous buvons, nos sens et toute notre existence, d'un Père céleste, plein de bonté, mais invisible; et qu'en revanche nous devons l'aimer de tout notre cœur.

Gustave demanda d'abord comment on faisait pour aimer ce Père céleste, quoiqu'on ne pût jamais le voir.

Le père lui répondit que c'était en pensant souvent à lui,

en lui rendant souvent grâces de ses bienfaits, et surtout en tâchant de lui plaire par la piété.

Oserais-je vous prier, mon cher père, reprit Gustave, de m'expliquer ce que c'est que la piété ?

La piété, mon cher Gustave, c'est lorsque nous songeons bien dans tout ce que nous disons, dans ce que nous faisons, ou dans ce qui occupe nos pensées, si cela peut plaire à Dieu ; car c'est ainsi qu'on nomme ce bon Père céleste.

Gustave continua à demander : Qu'est-ce donc qui plaît à ce bon Père ?

Tu lui plairas si tu continues toujours à être également docile, complaisant, gai, de bonne humeur et bien sage ; à n'affliger personne, et au contraire à causer autant de joie que tu pourras à tous les hommes.

Là-dessus Gustave se tut: mais dans la suite toute sa conduite montra clairement qu'il avait retenu ces bons préceptes, qu'il pensait souvent à Dieu, et qu'il désirait vivement de lui plaire.

Il aimait fort qu'on lui parlât de Dieu: il se plaisait à lui exprimer sa gratitude, soit le matin et le soir, soit lorsqu'il avait eu quelque plaisir, soit lorsqu'il avait reçu quelque présent, et il évitait avec soin de dire ou de faire rien de mal.

« Dieu ne m'a point donné, dit-il un jour, ma bouche et mes mains pour faire du mal, mais pour faire du bien. »

Il faisait tout cela de son

propre mouvement, sans qu'on eût besoin de l'en avertir; et c'est là ce qui faisait le vrai mérite de toutes ses actions.

Il est vrai que Dieu le bénit aussi d'une façon extraordinaire, en lui donnant la santé, de l'intelligence et une gaîté inaltérable. Tous ceux qui le connaissaient le chérissaient. Ses camarades le respectaient, parce qu'il se conduisait toujours parfaitement bien, et ses parens versaient souvent des larmes de joie de ce qu'ils avaient un si bon enfant. Nous pouvons être tranquilles, disaient-ils, sur le sort de Gustave; quand même la mort nous arracherait aux soins de son éducation, il sera toujours heureux, car il est pieux.

EMIRE, Justine et Honorine
étaient trois sœurs à peu près du
même âge, et que leurs parens
aimaient bien tendrement. Un
jour on leur donna quatre oran-
ges, en leur laissant le soin de
se les partager. Chacune en prit
une; la quatrième les embarrassa. Emire était bien la plus
grande, Justine la plus gour-
mande, Honorine la plus vo-
lontaire des trois : c'était à qui
faisait mieux valoir ses raisons;
et tout en mangeant son orange,
on s'occupait de ce que devien-
drait la quatrième. Si nous la
coupons, disait Emire, le jus
nous tachera. — Mangeons - la
chacune par un côté différent,

disait Justine. Pour Honorine, elle n'était de l'avis de personne. La querelle s'échauffait à mesure que le moment de la terminer approchait, lorsqu'heureusement arriva leur bonne amie Elisabeth ; et toutes trois, d'une voix, s'accordèrent à lui remettre cette fatale orange, qui, au lieu d'être la pomme de discorde, devint un gage d'amitié et de bonne intelligence.

LE petit Adrien jouait avec son cerf-volant dans une allée bordée de rosiers. Prends donc garde, lui dit sa sœur, la corde de ton cerf-volant va casser toutes ces belles roses. J'en suis fâché, répond Adrien, en courant encore plus fort; et déjà trois belles branches étaient à bas, lorsque la corde s'entortilla dans une plus forte. Il voulut résister, mais ce fut la corde qui se rompit, et le vent emporta le cerf-volant du petit mutin, qui se promit bien une autre fois d'être plus attentif.

~~~~~~~~

ALEXANDRINE trouvant le buffet ouvert, découvre le pot de confitures, en regardant autour d'elle si sa maman ne la voit pas, puis elle cherche une cuiller pour en prendre davantage. Au moindre mouvement de la porte, elle craint d'abord que ce ne soit sa maman qui arrive; enfin elle se rassure, et finit par être
~~~~~~~~

si occupée de sa gourmandise,
qu'elle ne voit pas sa bonne passer et aller chercher toute la fa-
mille pour lui faire honte.

Une petite fille ne voulait pas
perdre l'habitude de mettre ses
coudes sur la table; on l'avait
mise plusieurs fois en pénitence;
cela ne la corrigeait point. On
arrangea un jour un joli goûter
avec cinq de ses petites camarades, qui étaient prévenues que
la table n'était pas solide; elles
se rangent autour en la soute-
nant, et lorsque le beau vase
de crême fut placé au milieu,
que ma petite fille se fut bien éta-
blie sur ses coudes, elles se reti-
rent toutes, et la table tomba

en entraînant la pauvre enfant le nez dans la crême, et bien honteuse de tous les éclats de rire des témoins.

wwwwww

LE petit Eugène avait peur de tout. Le soir il croyait que son ombre était quelqu'un qui le guettait au passage; la nuit il prenait le mouvement d'un chat pour quelque chose d'extraordinaire : ses camarades s'amusaient de ses frayeurs. Enfin il comprit que ce qui ne les empêchait pas d'aller et de venir, ne devait pas faire plus d'effet sur lui, et il s'amusa d'abord à sauter à pieds joints par-dessus son ombre, ensuite à donner à deviner aux autres combien il fe-

rait de pas autour de la chambre
les yeux fermés ; et bientôt il devint le plus hardi de tous.

~~~~~~~~~~

L'enfant volage.

Mɪᴍɪ aimait bien à courir, à
sauter, à monter sur les chaises,
sur les tables ; ses camarades le
trouvaient bien plus leste et plus
agile qu'eux : mais sa maman
tremblait à chaque tour de force
qu'il faisait. Enfin un jour il voulut monter sur le dos d'un fauteuil ; le fauteuil se renversa,
et mon petit bon homme tomba
sur le menton et se cassa deux
dents. Depuis il prit bien garde
à ne pas se risquer sans nécessité.
~~~~~~~~~~

Le Coq, et le Renard.

Le Pêcheur, et le petit Poisson. B.R.

FABLES.

Le Coq et le Renard.

Un coq se tenait sur un chêne fort élevé. Un renard, qui ne pouvait l'y atteindre, courut au pied de l'arbre : Ami, cria-t-il à l'autre, bonne nouvelle ; hier la paix fut signée entre les tiens et les nôtres. Sans rancune donc, je te prie, et puisque dorénavant nous devons tous nous entr'aimer comme frères, commençons par nous réconcilier. Viens donc, mon cher, descends et que je t'embrasse. Ami, repartit le coq, tu ne saurais croire combien cette

nouvelle me réjouit, je la crois
certaine, car si je ne me trompe,
je vois là-bas deux courriers qui
viennent nous en apporter la nouvelle. Demeure donc, je te prie ;
et sitôt qu'ils seront arrivés, je
descendrai pour nous en réjouir
tous quatre ensemble. Ces courriers étaient deux lévriers : le renard ne jugea pas à propos de
les attendre, et gagna pays, et
le coq se mit à rire à gorge dé-
ployée.

Soyons défians contre ceux qui se disent
nos amis.

L'Homme et le Lion.

L'HOMME et le lion voyageaient ensemble : il arriva qu'ils aperçurent sur la route une statue qui représentait un athlète terrassant un lion. Ce que vous voyez, dit l'homme à son compagnon, vous prouve que nous sommes et plus forts et plus courageux que vous. Tout doux, répliqua le lion : si l'on trouvait parmi nous des sculpteurs, comme on en trouve parmi vous, vous verriez beaucoup plus d'hommes terrassés par des lions, que des lions terrassés par des hommes.

Chez les nations esclaves, où il n'est permis d'ouvrir la bouche que pour prodiguer des éloges à ses tyrans, ceux-ci sont toujours des héros.

Le Merle et l'Oiseleur.

Un merle vit un oiseleur qui tendait ses réseaux. Que faites-vous là, dit le premier à l'homme ? Je bâtis une ville, répond celui-ci. Ces paroles excitèrent la curiosité de l'oiseau, et le portèrent à s'approcher des réseaux, et de si près, qu'il s'y trouva pris. Perfide, s'écria l'oiseau, si tu bâtis toujours de telles villes, tu n'y verras pas beaucoup de citoyens.

Avec trop de confiance on est la dupe d'un trompeur.

Le Geai paré des plumes du Paon.

Un paon perdit dans sa mue quelques-unes de ses plumes; un geai les ramassa, et s'en revêtit. Alors il crut surpasser en beauté les paons mêmes, et vint, tout bouffi d'orgueil, se faufiler avec eux; mais sa vanité fut bientôt punie. Les paons qui reconnurent l'artifice, lui arrachèrent ses fausses plumes, et le chassèrent de leur compagnie à grands coups de bec. Ainsi le geai, battu et déplumé, ne fut pas même plaint des autres geais qu'il avait méprisés.

L'on croit impunément s'approprier le savoir d'autrui. Tôt ou tard on se moque de vous.

La Mère et l'Enfant voleur.

UNE mère ne châtiait point son enfant des petits larcins qu'il faisait presqu'à la mamelle, et le gâtait. Celui-ci crût en malice à mesure qu'il crût en âge. Au sortir du berceau, il prit une pomme, et l'on ne pensa point à l'en reprendre. Lorsqu'il fut au collége, il déroba les livres de ses camarades, et courut les montrer à sa mère, qui n'en fit que rire. Devenu plus grand, il prit chez ses voisins des choses de plus grand prix, et n'en fut point réprimandé. Bientôt comme il se portait toujours de plus en plus au mal, faute de correction, il vola dans les villes, puis sur les grands chemins. Le prévôt l'y prit, et enfin la justice le condamna à perdre la vie sur un gibet. Etant sur l'échelle, il dit à l'assistance qu'il voulait voir sa mère pour la dernière fois et demanda en grâce qu'on l'allât chercher de sa part; ce que l'on fit. Lorsqu'il la vit, il la pria de s'approcher, et feignit de vouloir l'embrasser; ensuite il lui prit l'oreille à belles dents, et la lui emporta tout entière. Puis se tournant vers le peuple : Messieurs, leur dit-il, si cette malheureuse m'eût châtié toutes les fois que mes fautes le méritaient, je ne me verrais pas réduit à finir ma vie par une mort infâme. Cessez donc d'être surpris du traitement que je viens de faire à celle que je ne puis regarder ici que comme ma plus cruelle ennemie.

Une tendresse aveugle souvent perd les enfans; qui aime bien châtie bien.

~~~~~~~~~~~~~~~~~~~~

Le Pêcheur et le petit Poisson.

Un pêcheur jeta sa ligne dans une rivière et y prit un petit poisson. Celui-ci lui représenta sa petitesse, et le pria de le lâcher, sur le serment qu'il lui faisait de revenir plus gros quelques semaines après mordre son hameçon. C'était chose qui devait, disait-il, lui tourner à profit, puisqu'il y trouverait de quoi faire un meilleur repas. Je ne sais pas, lui répondit l'autre, si tu serais assez sot pour me tenir parole; mais je sais bien, moi, que je ne le suis pas assez pour m'y fier, et pour lâcher ce que je tiens pour ce que je dois tenir.

Vaut mieux un tien que deux tu auras.
~~~~~~~~~~~~~~~~~~~~

Le Loup, le Renard et le Singe.

LE loup et le renard plaidaient l'un contre l'autre par-devant le singe. Le premier accusait l'autre de lui avoir dérobé quelques provisions; celui-ci niait le fait. Le singe qui connaissait de quoi l'un et l'autre étaient capables, ne savait lequel croire, ainsi il se trouvait dans un grand embarras. Voici pourtant comme il s'en tira : après bien des contestations de part et d'autre, il imposa silence aux parties, et prononça ainsi : Toi, loup, je te condamne à payer l'amende, parce que tu demandes au renard ce qu'il ne t'a point pris. Et toi, renard, tu la paieras aussi, parce

que tu refuses de rendre au loup
ce que tu lui as dérobé.

On peut sans blesser la justice condamner
un méchant à tort et à travers.

L'Ane chargé d'éponges.

Un âne chargé de sel se plon-
gea dans une rivière, et si en
avant, que tout son sel s'y fondit. Quelques jours après, comme
il repassait chargé d'éponges
près du même gué, il courut s'y
jeter, dans la pensée que le poids
de sa charge y diminuerait comme il avait diminué la première
fois ; mais le contraire arriva.
L'eau remplit les éponges, et de
telle sorte, qu'elles s'enflèrent.
Alors la charge devint si pesante,
que le baudet, qui ne la pouvait

plus soutenir, culbuta dans le fleuve, et s'y noya.

Tel moyen aujourd'hui nous tire d'embarras, qui demain nous est nuisible.

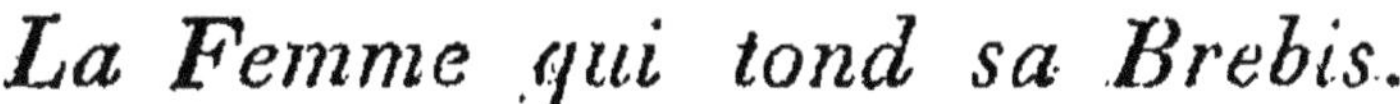

La Femme qui tond sa Brebis.

UNE femme tondait sa brebis ou pour mieux dire l'écorchait, tant elle s'y prenait mal. Cependant la brebis lui criait : Et de grâce, si vous voulez avoir ma peau, mandez le boucher ; mais si vous n'en voulez qu'à ma laine, faites venir le tondeur.

Chacun doit faire son métier.

Le Lion et la Grenouille.

UN lion se coucha sur les bords d'un marais et s'y assoupit. Comme il y dormait d'un sommeil profond, une grenouille se mit à croasser : à ce bruit, l'autre s'éveille; et comme il croit que quelque puissant animal vient l'attaquer, il se lève et regarde de tous côtés. Mais quel est son étonnement, lorsqu'il aperçoit celle qui l'avait si fort épouvanté !

L'homme le plus ferme est sujet à s'effrayer.

Les Rats tenant un conseil.

LES rats tenaient conseil ; ils délibéraient sur ce qu'ils avaient à faire pour se garantir de la griffe du chat, qui avait déjà croqué plus des deux tiers de leur peuple. Comme chacun opinait à son tour, un des plus habiles se leva. Je serais d'avis, dit-il d'un ton grave, qu'on attachât quelque grelot au cou de cette méchante bête ; elle ne pourra venir à nous sans que le grelot nous avertisse d'assez loin de son approche ; et comme, en ce cas, nous aurons le temps de fuir, vous concevez bien qu'il nous sera fort aisé de nous mettre, par ce moyen, à couvert de toute

surprise de sa part; et toute l'as-
semblée applaudit aussitôt à
la bonté de l'expédient. La difficulté fut de trouver un rat qui
voulût se hasarder à attacher le
grelot; chacun s'en défendit.
L'un avait la patte blessée, l'autre la vue courte; je ne suis pas
assez fort, disait l'un; je ne sais
pas bien comment m'y prendre,
disait l'autre. Tous alléguèrent
diverses excuses, et si bonnes,
qu'on se sépara sans rien con-
clure.

Dans ses projets l'homme est tout feu;
faut-il agir, ce n'est plus de même.

Le Singe et le Chat.

LE singe et le chat méditaient
au coin du feu comment ils s'y
prendraient pour en tirer des

marrons qui y rôtissaient. Frère,
dit le premier à l'autre, ces marrons que tu vois, il nous les faut
avoir à tel prix que ce puisse
être, et pour cela, comme je
te crois la patte plus adroite que
la mienne, tu n'as qu'à t'en
servir, écarter tant soit peu cette
cendre, et nous les amener ici.
L'autre approuve l'expédient,
range d'abord les charbons, puis
la cendre; porte et reporte sa
patte au milieu du feu, en tire
un, deux, trois, et pendant qu'il
se grille, le singe les croque.
Un valet vient sur ces entrefaites
troubler la fête, et les galans
prennent aussitôt la fuite. Ainsi
le chat eut toute la peine, et
l'autre tout le profit.

Défions-nous de ceux qui ne veulent que
leur profit.

La Vieille et sa Servante.

UNE vieille n'avait pas plutôt entendu le chant de son coq, que tous les matins elle allait, une heure avant le point du jour, éveiller sa servante. Alors il fallait se lever, pour prendre ensuite une quenouille, que l'on ne quittait que long-temps après le coucher du soleil. Celle-ci qui séchait de fatigue et d'insomnie, prit un jour le coq et le tua, dans la pensée qu'elle dormirait tout à son aise, sitôt que sa maîtresse aurait perdu son réveille-matin; mais le contraire arriva. Le coq mort, la vieille, qui n'entendait plus de chant qui la réglât, était toute la nuit sur pied, et courait éveiller sa servante, lorsqu'à peine celle-ci avait eu le temps de se coucher.

Souvent il arrive que, lorsqu'on croit servir ses intérêts, on leur nuit.

Le jeune Homme et le Voleur.

Un jeune homme assis sur le bord d'un puits se reposait. Un voleur parut, et vint droit à lui, dans le dessein de le dépouiller. Le premier reconnut la mauvaise intention de l'autre, et se mit à pleurer. Alors le voleur lui demanda quelle était la cause de son affliction : Hélas ! répondit le jeune homme, je viens de laisser tomber au fond de ce puits une cruche d'or. Le voleur quitta ses habits, et y descendit au plus vite pour en tirer

ce que l'autre feignait d'avoir
perdu. Tandis qu'il y cherchait,
le jeune homme ramassa les habits du larron, et se sauva.

Dans le péril, conservons notre présence
d'esprit pour nous tirer d'embarras.

<hr>

La Corneille pressée par la soif.

UNE corneille fort altérée trouva de l'eau, mais dans le fond
d'un vase si creux et si étroit,
que son bec n'y pouvait atteindre. L'obstacle semblait insur-
montable; cependant comme elle
mourait de soif, la nécessité où
elle se trouvait de se désaltérer,
lui en fit trouver le moyen. Pour
cet effet elle amassa nombre de
petits cailloux, les porta l'un
après l'autre dans son bec, et les

La Mère et l'Enfant qui crie.

Le Bûcheron, et la Forêt.

laissa tomber au fond du vase.
Par cet expédient, l'eau y monta
avec le temps, et si haut, que la
corneille but enfin tout à son
aise.

C'est à la nécessité que l'homme doit la
plupart des arts qui honorent son esprit.

La Mère et l'Enfant qui crie.

UN enfant était couché dans
son berceau; il y jetait de tels
cris, que sa mère en perdait pa-
tience, et le menaça de le donner à manger au loup, s'il ne se
taisait. Sur ces entrefaites, un
loup qui passait sous la fenêtre
de la mère, entendit la menace.
Alors il courut tout joyeux à la
porte attendre la proie sur laquelle il comptait, mais assez

mal-à-propos; car la mère ne l'eut pas plutôt découvert, qu'elle appela ses voisins. Ceux-ci bien armés vinrent au secours, et à grands coups de bâton et de fourche, donnèrent bientôt la chasse au loup.

Un homme sage ne met jamais sa confiance dans les promesses ou les vœux faits dans un moment d'emportement.

L'Ane et le Cheval.

UN homme avait un cheval et un âne, et comme ils voyageaient ensemble, l'âne, qui était beaucoup chargé, pria le cheval de le soulager, et de prendre une partie de son fardeau, s'il voulait lui sauver la vie; mais le cheval lui refusant ce service, l'âne tomba et mourut sous sa charge : ce que voyant le maître, il écorcha l'âne, et mit sur le cheval toute sa charge avec sa peau : alors le cheval s'écria, disant : O que je suis malheureux ! je n'ai pas voulu prendre une partie de sa charge, et maintenant il faut que je la porte toute entière, et même sa peau.

Dans un besoin commun soulage ton voisin ; car, s'il vient à succomber, ta perte suivra de près la sienne.

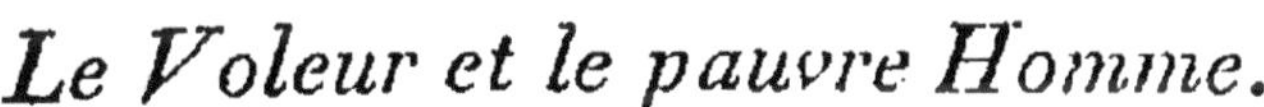

Le Voleur et le pauvre Homme.

Un voleur entra pendant la nuit dans la chambre d'un pauvre homme ; au bruit qu'il fit en ouvrant la porte, l'autre qui dormait s'éveilla, et jeta d'épouvante un tel cri, que toute la maison en retentit. Le voleur, qui ne s'y attendait pas, en fut lui-même si effrayé, que sans penser au manteau qu'il cherchait, il jeta celui qui était sur ses épaules, pour fuir plus vite, et sortir du logis. Ainsi la perte tomba sur celui qui croyait gagner, et le gain sur celui qui comptait perdre.

Ceux qui font le mal, souvent sont pris au dépourvu.

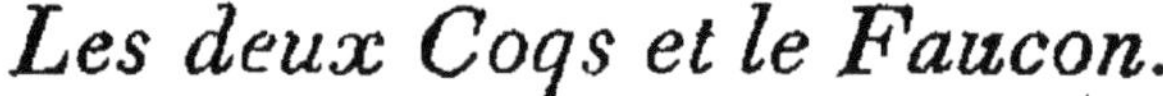

Les deux Coqs et le Faucon.

DEUX coqs se battirent à toute outrance, et cela pour l'amour d'une poule qui les avait rendus rivaux. Le vaincu prit la fuite, et se retira dans un coin de la basse-cour, pendant que le vainqueur montait sur le haut du poulailler pour y chanter sa victoire. Celui-ci ne s'en réjouit pas long-temps ; car tandis qu'en battant des ailes il ne pensait qu'à y faire éclater sa joie, le faucon qui l'avait aisément découvert sur le haut de ce toit, vint fondre sur lui et le mit en pièces.

Il ne faut jamais s'aveugler sur ses forces.

L'Homme et la Puce.

La puce mordit un homme au bras : celui-ci, dès qu'il se sentit piqué, pensa à se défaire de cette incommode, et fit si bien qu'il la prit. Comme il allait la tuer, considérez, lui dit-elle, que je ne vous ai que piqué ;

vous voulez m'ôter la vie; hélas ! c'est tout ce que j'aurais mérité si j'avais cherché à vous l'ôter à vous-même. S'il eût été en ton pouvoir de le faire, repartit l'homme, tu l'aurais sans doute fait. Cela dit, il l'écrasa.

Un soupçon mal entendu fait faire le mal.

Le Bûcheron et la Forêt.

Un bûcheron pria la forêt de lui donner de son bois autant qu'il lui en fallait pour faire un manche à sa cognée, mais elle s'en repentit, lorsqu'elle eut reconnu que ce bienfait serait la cause de sa ruine. Le bûcheron n'eut pas plutôt emmanché sa cognée, qu'il s'en servit contre les arbres de la forêt même, et fit si bien que, coupant aujourd'hui celui-ci, et demain cet autre, il la détruisit enfin tout entière.

N'aimez jamais un méchant; n'obligez jamais contre vos intérêts.

L'Écrevisse et sa Fille.

Vous devriez bien, disait l'écrevisse à sa fille, vous corriger d'un grand défaut que je remarque en vous depuis si long-temps. Je vous vois marcher toujours à reculons, et que n'allez-vous en avant, comme font tous les autres animaux? Celle-ci lui répondit: Ma mère, je ne fais que ce que je vous vois faire. Si tu veux que je me corrige, commence par te corriger toi-même la première.

L'exemple seul doit instruire.

4

Le Pot de fer et le Pot de terre.

Le pot de fer dit un jour au pot de terre : Frère, ne verrons-nous jamais que le coin d'une cuisine ? Qui n'a rien vu n'a rien à conter; et d'ailleurs, on dit que le voyage fait l'esprit. Il me prend envie de voir le pays, et si tu as la même curiosité, nous voyagerons de compagnie. Vois-tu bien cette rivière qui passe au pied du logis? Il nous faudra y entrer; cela fait, nous nous y laisserons emporter par le courant de l'eau; de cette manière, nous pourrons faire en très-peu de temps beaucoup de chemin, et cela, comme tu vois, sans fatigue. L'autre, fort satisfait de l'expédient, sortit, entra dans l'eau avec le pot de fer et l'y suivit, mais il n'alla pas loin. Son camarade qui flottait, tantôt à droite et tantôt à gauche, le heurtait à tout moment. Le pot de terre ne fut pas à trente pas du bord, qu'il ne fut que pièces et morceaux.

Les sociétés et les alliances inégales sont dangereuses.

La Brebis et le Chien.

LE chien somma la brebis, en présence de quelques animaux, de lui rendre un pain qu'il soutenait à tort lui avoir prêté. La brebis remontrait aux juges, que le chien, par une insigne mauvaise foi, demandait ce qu'elle ne lui avait jamais emprunté ; mais elle eut beau la lui soutenir, elle n'en perdit pas moins sa cause. Le chien produisit pour témoins du fait, le vautour et le milan ; de sorte que, sur leurs dépositions, la brebis se vit condamnée à rendre, et sur-le-champ, au premier ce qu'elle n'en avait jamais reçu.

Lorsqu'on plaide envers des fripons, on perd ses droits.

Le Cerf regardant dans l'eau.

UN cerf se mirait dans le cristal d'une fontaine, aussi satisfait de la hauteur de son bois

que mécontent de ses jambes,
qui lui semblaient mal taillées et
trop menues; il les contemplait
d'un air chagrin, lorsqu'un chas-
seur parut et lâcha ses chiens
après lui. Aussitôt le cerf prit la
fuite au travers de la forêt; là,
comme il était sur le point de
se sauver par la légèreté de ses
jambes, son bois s'embarrassa
dans un fort très-épais, et l'ar-
rêta tout court. Alors le cerf qui
se voyait en proie aux chiens,
changea de sentiment, et loua
ce qu'il avait méprisé, comme
au contraire, il méprisa ce qu'il
avait loué.

Il est dangereux de s'aveugler sur son mérite, c'est fausse gloire.

Le Renard et les Raisins.

UN renard qui mourait de faim, aperçut des raisins qui pendaient sur le haut d'une treille assez élevée. Ils étaient mûrs, et le drôle en eût volontiers fait son profit, mais il eut beau sauter et ressauter, la treille se trouva si haute qu'il ne put y atteindre. Comme il vit que tous ses efforts étaient inutiles : ces raisins dit-il, en se retirant tête levée, je les aurais fort aisément, si je voulais; mais ils me semblent si verts, qu'ils ne valent pas la peine que je me donnerais pour les prendre.

Un homme d'esprit feint de ne faire aucun cas des choses qu'il désire le plus.

Le Renard, et les Raisins.

Le Renard, et le Bouc.

Les deux Médecins et le Malade.

Un malade rendait compte à deux médecins qui le visitaient, des différens symptômes de son mal. A chaque chose qu'il exposait, l'un des docteurs répondait toujours tant mieux, et l'autre toujours tant pis. Le malade bien entendu, nos deux médecins opinèrent sur la maladie, et le sentiment de l'un fut toujours opposé à celui de l'autre. L'embarras pour le moribond fut de choisir: le choix était des plus difficiles. Les deux avis étaient soutenus de part et d'autre avec opiniâtreté, et ne manquait pas de raisons, sinon solides, au moins spécieuses, d'ailleurs bien énoncées. Parmi ces contrariétés le malade suait, et ne savait quel parti prendre. A la fin pourtant il le prit au hasard, et s'en tint à l'avis du médecin Tant-pis; puis il suivit l'ordonnance du docteur, prit ses remèdes, et mourut. Les médecins tiraient deux avantages de sa mort. Tant-pis disait qu'il l'avait bien prévu, tandis que Tant-mieux publiait qu'infailliblement le malade serait sorti d'affaires, s'il n'eût pas voulu se gouverner à sa tête.

Sois assez sage pour te passer des avis de Tant-pis et de Tant-mieux.

La Mouche et le Chariot.

Un cocher poussait sur une plaine sablonneuse un chariot que deux forts chevaux tiraient avec vitesse. Une mouche s'en aperçut, et vint en bourdonnant sur le timon du char, et là, s'imaginant qu'elle seule le faisait mouvoir : voyez, s'écriait-elle, quelle poussière je fais lever.

L'ambitieux croit avoir tout fait quand il n'a fait que voir.

~~~~~~~~~~~

La Grenouille et le Bœuf.

UNE grenouille vit un bœuf qui passait près d'un marécage : il ne sera pas dit, cria-t-elle à sa fille, en se gonflant de toutes ses forces, que ce bœuf me surpassera en grosseur ; regarde-moi bien, me voilà, je crois, pour le moins aussi grosse que lui. Vous n'en approchez pas, dit l'autre. M'y voilà donc ? Point du tout. Oh ! poursuivit la grenouille, j'y viendrai, ou je..... La folle n'acheva pas, car pendant que, pour s'enfler encore, elle roidissait plus que jamais, elle creva.

L'orgueil, l'envie, l'ambition, font qu'on se croit plus grand qu'on ne l'est.
~~~~~~~~~~~

Le Voleur et le Chien.

Un voleur s'efforçait d'entrer pendant la nuit dans une maison, à dessein d'y faire quelque vol; mais il en fut empêché par un chien qui la gardait. Comme celui-ci ne cessait d'aboyer, l'autre lui présenta un morceau de pain, et crut l'engager par ce moyen à se taire; mais le chien le rejeta : Méchant , dit-il à l'homme, je pourrais accepter ton présent, si je ne connaissais dans quelle vue tu me l'offres ; va, retire-toi d'ici, rien ne peut corrompre ma fidélité.

Il est beau de résister aux intrigans qui veulent nous corrompre.

Les Colombes et le Milan.

LE milan faisait rude guerre aux colombes ses voisines. Celles-ci, pour se mettre à couvert de ses hostilités, crurent ne pouvoir mieux faire que de se choisir entre les oiseaux un roi qui pût faire tête à leur ennemi. Le faucon fut ce roi, qui ne fut pas plutôt entré dans le colombier, sous prétexte de reconnaître les forces de son parti, qu'il se jeta sur les colombes, et les tua toutes.

Évitous de tomber dans le mal plus grand encore que le mal.

Le Renard et le Bouc.

Le renard et le bouc voyageaient ensemble. Un jour qu'ils étaient fort pressés de la soif, ils trouvèrent un puits ; alors ils y descendirent, et s'y désaltérèrent : la difficulté fut d'en sortir. Le puits était assez profond, et le bouc ne savait qu'imaginer pour en regagner le haut. Camarade, lui dit alors le renard, il nous est fort aisé de nous tirer tous deux d'ici ; il ne faut pour cela que te dresser sur les pieds de derrière, ensuite appuyer ceux de devant au mur, et te hausser le plus que tu pourras. Je commencerai par grimper le long de ton échine, puis,

du haut de tes cornes, je m'é-
lancerai fort aisément sur le bord
de ce puits : après quoi, je t'ai-
derai de manière, que tu pourras
en sortir à ton tour. Le bouc
approuva l'expédient, et fit si
bien que le renard sortit; mais
celui-ci ne se vit pas plutôt au
large, qu'il ne pensa qu'à gagner pays. Tout ce qu'il fit pour
l'autre, ce fut de rire, et de l'a-
vertir en le quittant, qu'il pen-
sât à se tirer d'affaire du mieux
qu'il lui serait possible.

Un homme de bon sens ne fait rien qu'après
y avoir bien pensé; il doit craindre les in-
grats.

Le Dauphin qui porte un singe.

Un dauphin côtoyait de fort près en nageant, le rivage de la mer. Bon, dit le singe, qui l'aperçut, voici un moyen pour voir la pleine mer tout à son aise : je ne l'ai jamais vue, et ainsi il faut que je me contente. Cela dit, il s'approche du rivage, ensuite il s'élance, et retombe sur le dos du poisson. Celui-ci qui aime l'homme, crut qu'il en portait un, et mena le singe assez loin. Là-dessus, ce dernier, charmé de voguer sur l'Océan, jette un cri de joie. A ce cri, l'autre lève la tête, envisage le singe, et le reconnaît. Le dauphin fit sauter sa charge en l'air d'un coup de queue, et se replonge aussitôt au fond de la mer.

L'ignorant est souvent imprudent.

La Tortue et le Lièvre.

Le lièvre raillait un jour la tortue, et lui reprochait son extrême lenteur. Parions, lui dit celui-ci, que j'arriverai plus tôt que toi à cet arbre que tu vois planté au bout de ce champ. Une tortue défier un lièvre à la course! repartit l'autre. Allez, ma mie, la tête vous tourne; avant que de me faire un défi si extravagant, il fallait considérer que je puis faire en quatre sauts plus de chemin que vous n'en feriez, vous, en quatre semaines. N'importe, reprit la tortue, et cela dit, elle partit sans perdre le moindre instant. Le lièvre, sans s'en mettre en peine, lui laissa prendre les devans, badine, recule, s'amuse à brouter l'herbe, bien sûr, disait-il en lui-même, de regagner le temps qu'il perdait : cependant la tortue avançait toujours. Comme l'autre la voit à deux doigts du terme, il s'élance, et part comme un éclair; mais il n'était plus temps, la tortue touchait au but. Quelqu'effort que fît le lièvre, il ne put arriver que le dernier, et perdit ainsi la gageure.

Il n'y a que la persévérance qui vienne à bout des choses.

~~~~~~~~~~~~~~~~~~~~~~

Les Lièvres et les Grenouilles.

DES Lièvres fuyaient tout éper-
dus ; rien ne les y obligeait. Le
bruit des feuilles que le vent
agitait dans la forêt, leur ombre
peut-être les épouvantait. Comme
ils passaient près d'un marais,
ils aperçurent des grenouilles,
qui, toutes effrayées du bruit
qu'ils faisaient en fuyant, se
plongeaient au fond de l'eau.
Oh ! oh ! dit un d'entr'eux, qu'est-
ce que ceci ? Vraiment nous
portons ici la terreur ; amis, re-
prenons courage, et rebroussons
chemin, nous sommes plus re-
doutables que nous ne pensions.

Lorsqu'un poltron a vaincu un plus poltron
que lui, il se croit un Alexandre.
~~~~~~~~~~~~~~~~~~~~~~

Le Lion et la Mouche.

Une mouche défia un lion au combat, et le vainquit : elle le piqua à l'échine, puis aux flancs, puis en cent endroits, entra dans ses oreilles, ensuite au fond de ses naseaux : en un mot, le harcela tant, que, de rage de ne pouvoir se mettre à couvert des insultes d'un insecte, il se déchira lui-même. Voilà donc la mouche qui triomphe, bourdonne, et s'élève en l'air. Mais comme elle vole de côté et d'autre pour annoncer sa victoire, l'étourdie va se jeter dans une toile d'araignée et y reste. Hélas ! disait-elle en voyant accourir son ennemie, faut-il que je périsse sous les pattes d'une araignée, moi qui viens de me tirer des griffes d'un lion.

Quand on ne sait point se modérer on échoue contre le plus faible ; la joie d'une trop grande victoire peut compromettre les lauriers.

Le Chat et les Rats.

Un chat, la terreur des rats, en avait presque détruit l'engeance ; il eût bien voulu croquer encore le peu qui en restait : mais le malheur des premiers avait rendu les derniers plus sages. Ceux-ci se tenaient si bien sur leurs gardes, qu'il n'était pas aisé de les avoir. Je les aurai pourtant, dit le chat, et bon gré malgré qu'ils en aient. Cela dit, il s'enfarine, et se blottit au fond d'une huche. Un rat qui l'aperçut le prit pour quelque pièce de chair, et s'en approcha; le chat se retrouve aussitôt sur ses pattes, et lui fait sentir sa griffe. Un second vint après, puis un troisième, qui fut suivi de plusieurs autres; et de ceux-ci pas un ne s'en retourna. Cependant un dernier, vieux et ratiné, mit la tête hors de son trou, et d'abord regarda de tous côtés; puis de là, sans vouloir avancer plus loin, se mit à contempler le bloc enfariné; enfin, secouant la tête : A d'autres, mon ami, s'écria-t-il; il ne te sert de rien à mon égard de t'être ainsi blanchi; quand tu serais farine, sac, huche ou tout ce qu'il te plaira, je n'en approcherai pas en mille ans une fois.

Prenons toujours pour modèles ceux qui ont l'expérience.

5 *

Le Loup et l'Agneau.

LE loup et l'agneau se désaltéraient dans le courant d'un ruisseau; le premier fort près de sa source, l'autre fort au-dessous. Le loup, qui ne cherchait qu'un prétexte pour mettre l'agneau en pièces, ne l'eut pas plutôt aperçu qu'il courut à lui et l'accusa d'avoir troublé son eau. Comment pourrais-je la troubler? lui dit l'agneau tout tremblant. Je bois fort au-dessous de l'endroit où vous buvez; croyez que bien loin de chercher à vous nuire, je n'en ai seulement pas la pensée. Hier, répliqua le loup, je vis ton père qui animait par ses cris dés chiens qui me poursuivaient. Il y a plus d'un mois, répondit l'agneau, que mon père a senti le couteau du boucher. C'était donc ta mère? poursuivit le cruel. Ma mère, repartit l'autre, mourut ces jours passés en me mettant au monde. Morte ou non, reprit le loup en grinçant les dents, je sais combien tu me hais, toi et les tiens; il faut que je me venge. Cela dit, il se lance sur l'agneau, l'étrangle et le mange.

La raison du plus fort est toujours la meilleure.

***

Le Chien et l'Ombre.

Un chien traversait une rivière sur un pont, tenant un morceau de chair dans sa gueule; il en vit l'ombre dans l'eau, et crut que c'était quelque nouvelle proie. Aussitôt il lâcha la sienne et s'élança vers ce rien, qui lui semblait être un mets exquis. Mais quel fut son désespoir, lorsqu'il vit son avidité frustrée? Malheureux que je suis, s'écriait-il, en regrettant ce qui lui était échappé; pour n'avoir su m'en tenir à ce que j'avais, j'ai tout perdu.

En voulant trop avoir, on perd ce qu'on a.

L'Hirondelle et les Oiseaux.

UNE hirondelle vit un laboureur qui ensemençait une chenevière, et courut en avertir les oiseaux. Un jour, leur disait-elle, cette graine vous sera funeste; le chanvre viendra, et l'oiseleur en fera mille engins qui serviront à vous prendre; croyez-moi, volez tous sur le champ, et mangez cette semaille. On eut beau dire, on ne l'écouta pas; au contraire on la siffla, ainsi que ses prédictions. Cependant le chanvre crût. Arrachez, leur dit-elle, cette mauvaise herbe; car si vous la laissez, vous vous en repentirez. Arrachez-la vous-même, lui repartit-on; pour nous, nous n'en avons pas le loisir. Enfin le chanvre étant mûr, l'hirondelle courut aux oiseaux et leur dit : Ce que je vous ai prédit est sur le point d'arriver; si vous aimez votre liberté, éloignez-vous de ces cantons. Babillarde, lui dit-on, quand vous plaira-t-il de ne nous plus rompre la tête. Allez, nous n'avons rien à craindre. Alors elle quitta la compagnie des oiseaux, qui se repentirent, mais trop tard, de ne l'avoir point voulu croire; car quelque temps après, l'oiseleur arracha son chanvre, en fit des réseaux, et les y prit presque tous.

Les gens sages prévoient les malheurs; les étourdis s'y plongent.

Le Lion et le Rat.

Tandis qu'un lion dormait, un rat s'en approcha, fit cent tours autour de lui, enfin s'émancipa jusqu'à sauter sur sa croupe. Le lion s'en éveilla, le prit, et fut sur le point de l'écraser; mais le jugeant indigne de sa colère, il le lâcha. Celui-ci, qui lui devait la vie, trouva bientôt l'occasion de s'en revancher; car quelques jours après, le lion tomba dans les filets des chasseurs; la forêt retentit de ses rugissemens ; à ce bruit, le rat accourut, rongea les mailles dès réseaux qui enveloppaient son bienfaiteur, et fit si bien qu'il le délivra.

Sans humanité, sans reconnaissance, il serait inutile de vivre en société.

Les Grenouilles qui demandent un roi.

LES grenouilles se lassèrent de vivre en république. Jupiter, s'écrièrent-elles, donnez-nous un roi qui sache nous gouverner. Le dieu rit de leur imprudence, et leur refusa long-temps ce qu'elles lui demandaient ; mais enfin étourdi de leurs cris, il se résolut, quoiqu'à regret, de les contenter, et lança dans leurs marais un soliveau. Le bruit qu'il fit en tombant intimida si fort les grenouilles, qu'elles se plongèrent au fond de leurs marécages, demi-mortes de frayeur. Mais quelque peu de temps après, une des plus hardies mit la tête hors de l'eau, et d'abord n'osa considérer que de loin le nou-

veau roi, puis se rassura jusqu'à s'en approcher, enfin le voyant sans mouvement, se mit à
sauter et à ressauter sur lui ; elle
fut suivie d'une seconde, la seconde d'une troisième, et celle-
ci de toutes les autres, qui, fort
mal satisfaites de leur prince
immobile, s'en plaignirent à Jupiter, et lui en demandèrent un
qui fut plus agissant. Le dieu
leur envoya la cigogne, qui, en
peu de temps, en croqua la moitié ; celles-ci crièrent plus fort,
qu'il les délivrât de leur tyran,
mais il ne voulut plus les entendre : puisque vous n'avez pu,
leur dit-il, souffrir votre bon roi,
souffrez maintenant le méchant,
de peur qu'il ne vous en vienne
encore un pire.

Il est une maxime en politique, suivant
laquelle il vaut mieux supporter patiem-

ment quelques abus, que de s'exposer à tout perdre en renversant la constitution de l'État.

⌇⌇⌇⌇⌇⌇⌇⌇⌇⌇⌇⌇⌇⌇

L'Ane et le petit Chien.

Un homme caressait un petit chien en présence de son âne; celui-ci enviait le bonheur du premier. Que fait ce chien, disait-il en lui-même, pour mériter les caresses de notre maître? Quelquefois il lui donne la patte. Hé bien! s'il ne tient qu'à cela pour s'en faire aimer, je serai bientôt tout aussi heureux que ce petit animal. Cela dit, il se lève sur ses pieds de derrière, et présente lourdement ceux de devant à son maître; et celui-ci, fort surpris, rebuta des caresses aussi grossières, et appela ses valets, qui accoururent, et payèrent à

grands coups de bâton la civilité
du baudet.

Chacun doit conserver son caractère ; et un
sot a beau faire ; il ne peut jamais passer pour
un homme d'esprit.

L'Aigle et le Corbeau.

L'AIGLE fondit sur un mouton et l'enleva à la vue d'un
corbeau : n'en puis-je donc faire
autant ? dit le dernier. Cela dit,
il s'abattit sur le plus gras du
troupeau ; mais bien loin de
faire ce que l'aigle avait fait,
il s'embarrassa tellement dans la
toison du mouton, qu'il y demeu-
ra. Comme il se débattait pour
s'en dégager, le berger accourut, le prit et le mit en cage,
puis il le donna pour jouet à ses
enfans.

C'est vanité et folie que d'entreprendre plus
qu'on peut faire, outre qu'on se fait moquer
de soi.

Le Renard et le Corbeau.

Un corbeau tenait un fromage dans son bec. Un renard en sentit l'odeur, et s'avançant vers le corbeau : Que vois-je ? lui dit-il d'un air surpris. On m'avait fait entendre que votre plumage était noir. Eh ! grand Dieu, celui d'un cygne n'est pas plus blanc ! De grâce, seigneur corbeau, permettez que je vous contemple un moment tout à mon aise. Sans flatterie, vous me semblez si beau, que je ne puis me lasser de vous admirer. Mais, ajouta-t-il en adoucissant sa voix, je suis bien persuadé que la beauté n'est pas la seule perfection qui vous distingue. La nature, qui s'est plue à vous

Le Renard et le Corbeau.

La Cigale, et la Fourmi.

rendre le plus accompli de tous les oiseaux, vous a donné sans doute une voix divine; et pour bien chanter, il n'est, j'en jurerais, dans nos bois que vous et le rossignol. A ce discours, le corbeau, tout transporté d'aise, voulut faire voir que le renard ne se trompait pas, et ouvrit le bec pour chanter; mais en l'ouvrant il laissa tomber sa proie, et le renard s'en saisissant, prit aussitôt congé du corbeau, aussi satisfait, disait-il, en le raillant, de la bonté du fromage, que de la beauté de sa voix.

Apprenez que tout flatteur vit aux dépens de celui qui l'écoute.

Le Rat de la Ville et le Rat des Champs.

Le rat de la ville et le rat des champs se traitèrent tour à tour. Le dernier commença la fête dans un endroit fort écarté, tira de son trou l'élite de ses provisions, des pois, du fromage, et quelque peu de lard. Il était pauvre, ainsi ce fut là tout ce qu'il put servir à son ami, qui, plus content du bon accueil de son hôte que de ses mets grossiers, n'y touchait, par complaisance, que de l'extrémité de la dent. Le repas fini, le rat de ville invita l'autre à venir le lendemain dîner chez lui ; il lui vanta fort la chère qu'il faisait à la ville. Le campagnard s'y rendit, et trouva dans un fort beau salon le festin préparé, sur un tapis couvert de relief de viandes exquises ; mais à peine eut-il commencé à manger, qu'un valet, ouvrant brusquement la porte du lieu où il était, vint troubler la joie des deux amis, qui, tout épouvantés, s'enfuirent, qui de çà, qui de là. Le valet, retiré, le rat de ville rappela son compagnon, qui, demi-mort de la frayeur qu'il avait eue, lui demanda si on lui donnait souvent de pareilles alarmes : à tous momens, répliqua l'autre ; mais il n'est pas de plaisir sans peine. Quels que soient les vôtres, repartit le premier, s'ils ne sont pas tranquilles, ils ne me tentent plus. Adieu, j'ai d'abord envié l'abondance de vos repas, mais comptez que je fais maintenant plus cas du moindre des miens que de tous les vôtres.

Les avantages d'une vie privée l'emportent sur ceux d'une vie publique.

Le Loup et le Chien.

Un loup s'entretenait avec un chien des mieux nourris, et le félicitait sur son embonpoint. Ami, lui disait-il, à te voir si gras et si poli, il est aisé de juger que ton sort est fort au-dessus du mien. N'en fais aucun doute, répliqua le chien. En vérité, mon cher, quand je me représente que tu ne couches que dans les bois, et presque toujours à l'air; que le plus souvent on t'y voit mourir de faim, haï, couru, persécuté de tout le monde. Je ne puis concevoir comment tu peux supporter une vie si misérable. Pour moi, je vis bien d'une autre façon; bien couché, mieux nourri, chez un maître qui me fait cent caresses; ainsi je te laisse à penser si j'ai lieu de m'y croire heureux. Mais, crois-moi, poursuivit-il, résous-toi à me suivre : en faisant ce que je fais au logis, tu pourras, et sans grande peine, y partager mon bonheur. Et que m'y faudra-t-il faire? répondit le loup. Presque rien, répondit l'autre : écarter les voleurs et de temps en temps flatter le maître; du reste, tu n'auras qu'à boire, manger et dormir à ton aise. Ami, reprit le loup, tout transporté de joie, s'il ne tient qu'à cela pour me rendre heureux, je le ferai tout aussi bien que toi. Cela dit, il suivit l'autre. Chemin faisant, le loup s'aperçut que le cou du chien était pelé, et lui en demanda la cause : ce que tu vois, répondit l'autre, peut provenir du collier qui sert à m'attacher. Attacher? dit le loup. Tu ne cours donc pas où tu veux? Pas toujours, reprit le chien; mais à cela près, j'ai tout à souhait. Grand bien te fasse, dit le loup en rebroussant chemin. Quant à moi, je n'envie plus ton sort. Moins de bien, et plus de liberté : c'est ma devise. Cela dit, il court encore.

La liberté est un trésor inestimable.

Le Chêne et le Roseau.

Le chêne se moquait du roseau. Jouet du moindre souffle, lui disait-il d'un ton méprisant; que tu me fais pitié, lorsque je te vois sur les bords d'un marais où l'on ne te découvre qu'à peine, baisser la tête devant les plus faibles zéphirs : regarde-moi, vois jusqu'où la mienne s'élève, et combien est robuste ce tronc qui résiste aux plus furieuses tempêtes. Pendant qu'il se vantait de la sorte, un ouragan s'éleva et vint tout-à-coup fondre sur le roseau et sur lui. Le vent eut beau souffler contre le premier; comme celui-ci pliait, il ne fit que l'agiter : tout le mal tomba sur le chêne. Pendant qu'il se roidit, et croit tènir ferme contre l'orage, un tourbillon de vent l'enveloppe, l'ébranle et le renverse. Alors on vit cet orgueilleux tomber aux pieds de celui qu'il venait d'insulter.

C'est opiniâtreté et non fermeté de caractère, que de se roidir contre la raison.

Le Loup et la Grue.

Un loup mangea une brebis, mais si goulument, qu'un os s'engagea fort avant dans sa gorge, et resta. Tout ce qu'il put faire alors, ce fut de chercher du secours ; mais il eut beau en demander, chacun le laissa crier, sans se mettre en peine du mal qu'il ressentait. Il était, disait-on, très-justement puni de sa gourmandise. La grue seule se laissa gagner par ses belles paroles, et se mit en devoir de le soulager ; elle fourra son long bec dans son gosier, et en tira l'os qui le suffoquait, puis lui demanda récompense du bon office qu'elle venait de lui rendre. Ma mie, lui dit le loup d'un ton railleur, vous n'y pensez pas : moi, vous récompenser, quand vous m'êtes redevable de la vie ; quand il n'a tenu qu'à moi de vous arracher le cou ! Allez, ingrate, vous êtes trop heureuse de l'avoir retiré de ma gueule.

Quand on a affaire à de méchantes gens, on doit se savoir gré d'en sortir sans avoir reçu aucun dommage, loin d'en attendre d'autre récompense.

Le Renard et la Cigogne.

Venez dîner chez moi, dit un jour le renard à la cigogne, je veux vous y traiter, et de mon mieux. Celle-ci, sans se faire beaucoup prier, accepta la partie, et s'y rendit à l'heure marquée. L'accueil fut des plus obligeans; mais la chère n'y répondit pas. Pour tout mets, l'hôte servit à sa voisine, sur une assiette fort plate, certain brouet à clair, que tout ce qu'elle put faire pendant tout le repas, ce fut de béqueter le plat, et presque toujours sans rien prendre; à peine put-elle en goûter. Le renard lappa le tout en moins de rien, non sans rire de la cigogne, qui dissimulait son dépit, aussi piquée qu'affamée. Il ne rit pas long-temps. Le même jour, la cigogne l'invite à venir souper chez elle, et lui servit, dans un vase dont l'embouchure était et fort longue et f rt étroite, de la chair hachée : et celle - ci, qui profitait alors de l'avantage que lui donnait son long bec, mangea tout à son aise, et se mit à rire à son tour du trompeur, qui, réduit pendant tout le festin à ne lécher que les bords du vase, quitta enfin la partie ; et, demi-mort de faim, se retira avec sa courte honte.

Ceci s'appelle payer les geus de la même monnaie.

Le Loup et le Buste.

Un jour un loup entra dans l'atelier d'un sculpteur, et y

aperçut un buste d'un travail excellent ; d'abord il en admira la beauté, mais dès qu'il l'eut vu de plus près, et qu'il eut remarqué que le buste ne donnait plus aucun signe d'entendement : Oh! la belle tête, s'écriat-il ! c'est grand dommage qu'elle n'ait point de cervelle.

Que de têtes sans cervelle dans ce monde!

Le Sanglier et l'Ane.

L'ANE se moquait un jour du sanglier, et le bravait. Celui-ci fut sur le point de l'en punir, mais il retint sa colère : Malheureux, lui dit-il en le regardant d'un œil de mépris, qu'il me serait aisé de rabattre ton insolence? mais aux dieux ne plaise que je m'emporte contre un lâche, qui n'en vaut pas la peine.

Méprisons l'insolent, c'est le mieux que nous pouvons faire.

~~~~~~~~~~

La Cigale et la Fourmi.

La cigale, qui pendant tout l'été n'avait pensé qu'à se donner du bon temps, se trouva, aux approches de l'hiver, dans une disette extrême. Comme elle ne savait où trouver de quoi subsister, elle eut recours à la fourmi, et la pria de lui prêter quelques grains. Me refuser, disait-elle, c'est vouloir que je meure de faim; car je n'ai fait, je vous jure, aucunes provisions : tant
~~~~~~~~~~

pis, repartit la fourmi, il fallait songer à l'avenir, faire ce que j'ai fait, travailler, remplir ses magasins de bonne heure. Eh ! que faisiez-vous donc, s'il vous plaît, dans la belle saison ? Je chantais jour et nuit, dit la cigale. Mais vraiment, reprit l'autre en se moquant, vous ne pouviez mieux faire que de penser à vous réjouir. Ainsi, croyez-moi, achevez l'année comme vous l'avez commencée ; et puisque vous en avez employé la moitié à chanter, ne manquez pas d'employer l'autre à danser.

O vous ! qui ne songez qu'à rire et à chanter, jetez quelques regards sur l'avenir, et peut-être serez vous effrayé de la perspective qu'il vous présente.

Le Cheval et le Loup.

Un certain loup dans la saison
Que les tièdes zéphirs ont l'herbe rajeunie,
Et que les animaux quittent tous la maison
    Pour s'en aller chercher leur vie ;
Un loup, dis-je, au sortir des rigueurs de l'hiver,
Aperçut un cheval qu'on avait mis au verd.
    Je laisse à penser quelle joie.
Bonne chasse, dit-il, qui l'aurait à son croc !
Eh ! que n'es-tu mouton ! car tu me serais hoc :
Au lieu qu'il faut ruser pour avoir cette proie.
Rusons donc. Ainsi dit, il vient à pas comptés,
    Se dit écolier d'Hippocrate ;
Qu'il connaît les vertus et les propriétés
    De tous les simples de ces prés ;
    Qu'il sait guérir sans qu'il se flatte,
Toutes sortes de maux. Si ton coursier voulait
    Ne point celer sa maladie,
    Lui Loup, gratis le guérirait.
    Car le voir dans cette prairie
    Paître ainsi, sans être lié,

Témoignait quelque mal selon la médecine.
J'ai, dit la bête chevaline,
Une aposthume sous le pied.
Mon fils, dit le docteur, il n'est point de partie
Susceptible de tant de maux,
J'ai l'honneur de servir nos seigneurs les chevaux
Et fais aussi la chirurgie.
Mon galant ne songeait qu'à bien prendre son
temps,
Afin de happer son malade;
L'autre qui s'en doutait, lui lâche une ruade,
Qui vous lui mit en marmelade
Les mandibules et les dents;
C'est bien fait, dit le loup en soi-même, fort
triste;
Chacun à son métier doit toujours s'attacher.
Tu veux faire ici l'herboriste,
Et ne fus jamais que boucher.

J. P. JACOB, IMPRIMEUR A VERSAILLES.

www.ingramcontent.com/pod-product-compliance
Ingram Content Group UK Ltd.
Pitfield, Milton Keynes, MK11 3LW, UK
UKHW020907120726
13693UKWH00003B/926